Das Geheimnis vom Immenhof

MARIO WÜRZ

Das Geheimnis vom Immenhof

Bibliografische Information der Deutschen Nationalbibliothek:
Die Deutsche Nationalbibliothek verzeichnet diese Publikation
in der Deutschen Nationalbibliografie; detaillierte bibliografische
Daten sind im Internet über https://portal.dnb.de/ abrufbar.

© 2021 Mario Würz
Satz, Umschlaggestaltung, Herstellung und Verlag:
BoD – Books on Demand, Norderstedt

ISBN: 978-3-7543-5078-2

Inhalt

Über den Autor

Mario Würz, geboren 1969 in Herborn (Hessen), ist von Kind auf mit Pferden vertraut und seit 1984 großer Immenhof-Fan.

Von Beruf ist er Maler und Lackierer, zudem Vater von drei Kindern.

Seit Ende 2020 ist er mit der wunderbaren Manuela liiert.

Mario Würz, 19-jährig von Hessen nach Malente-Gremsmühlen umgezogen, war dort 16 Jahre lang eng befreundet mit dem Besitzer von Gut Rothensande (dem Drehort der Immenhof-Filme), bis zu dessen Tod im Juni 2002.

Von Dezember 1991 bis Dezember 1998 wohnte Würz selbst auf Rothensande, wo er sich um die Pferde kümmerte.

Am 22. Mai 2004 eröffnete er bei Foto Düsterhoff in Malente-Gremsmühlen den Immenhof-Fan-Shop und gründete einen Immenhof-Fanclub.

Am 20. Mai 2006 gründete Würz den Verein zur Förderung des »Immenhof-Museum« e. V. und eröffnete das Immenhof-Museum.

Das erste Buch von Würz, »Sommernacht auf Immenhof«, erschien 2005. Das zweite Buch, »Abschied vom Immenhof«, erschien 2007 und das dritte Buch, »Rückkehr zum Immenhof«, erschien 2010.

Im Jahr 2008 hatte Würz die Idee für die Immenhof-Festspiele. Dann endlich, am 24. Juli 2009 war die Premiere der Immenhof-Festspiele mit dem Stück »Die Mädels vom Immenhof«, in dem Würz den Jochen von Roth spielte, ebenso 2010 in dem Stück »Hochzeit auf Immenhof«.

2005 veranstaltete Würz das 50-jährige Immenhof-Filmjubiläum und 2015 das 60-jährige Immenhof-Filmjubiläum.

Seit 2015 ist er Veranstalter und Moderator der großen Gala: Immenhof-Filmpreisverleihung.

Vorwort

Die Immenhof Filme bedeuten für mich ein Ab- und Eintauchen in die Welt der Pferdeliebhaber, und ich kann mir vorstellen, Teil dieser Geschichten zu sein.

Ich lasse mich träumend entführen und sehe mich fast schon in der nächsten Einstellung selber um die Ecke zu galoppieren!«

Mario Würz setzt liebevoll an seine früheren Immenhof-Romane an und schafft es wieder, den Ponyhof und seine Geschichten bildhaft vor dem inneren Auge end- und auferstehen zulassen.

Mit jedem neuen Buch kommt die große Verbundenheit von Mario Würz zum Immenhof zum Ausdruck und man erkennt in seinen Sätzen, dass der Immenhof mit seinen großen und kleinen Geschichten sein Leben und seine Liebe widerspiegelt.

Auf dem Immenhof ist das Leben eben doch ein Ponyhof!

Tina Ruland

Kapitel 1

Müdigkeit

Langsam ging der Winter 1961 zu Ende und es blieb abends wieder länger hell.

Es war Ende März und man konnte morgens auch schon wieder die Vögel singen hören. Es war gerade jetzt im Frühjahr draußen wieder viel zu erledigen, was im Winter liegengeblieben war. Es mussten die Zäune repariert und auch die Blumenbeete neu bepflanzt werden.

Es war früh am Morgen, als Dalli den Frühstückstisch für alle deckte.

»Na, du Langschläferin«, sagte sie zu Dick, die gerade zur Tür hereinkam.

»Du schläfst in letzter Zeit auch viel länger als sonst. Ist dir nicht gut?«, fragte Dalli und sah ihre Schwester mit besorgter Miene an.

»Mach dir mal keine Sorgen. Mir geht es gut«, beruhigte Dick ihre Schwester.

»Na, dann können wir ja zusammen frühstücken«, erwiderte Dalli.

Nachdem die beiden angefangen hatten zu frühstücken, kamen nach und nach auch die anderen Familienmitglieder in die Küche. Jochen fing gleich damit an, die Arbeiten, die auf dem Hof erledigt werden mussten, einzuteilen.

»Vor Ostern, wenn die ersten Gäste kommen, muss alles fertig sein«, sagte er mit fester Stimme. »Ich werde mit Hein die Zäune reparieren. Dalli, du wirst mit Ethelbert das Café wieder auf Vordermann bringen, und Ralf und Dick, ihr habt ja im Forsthaus Dodau noch eine Menge Arbeit zu verrichten. Wenn ihr im Forsthaus Hilfe braucht, dann fragt Mans, ob er Zeit hat, euch zu helfen.«

»Werden wir machen, Jochen«, sagte Ralf.

Nach dem Frühstück gingen alle an die Arbeit. Am Forsthaus angekommen, ging Dick gleich ins Schlafzimmer und wollte sich ein wenig hinlegen.

»Was ist denn mit dir los, mein Schatz?«, fragte Ralf mit besorgter Stimme und ernstem Blick.

»Ich fühle mich nicht so gut und lege mich ein bisschen hin. Mach dir keine Sorgen, Ralf. Mir geht es nachher bestimmt wieder besser«, sagte Dick.

Nachdem Dick sich hingelegt hatte, fing Ralf schon mal mit den Außenarbeiten am Haus an, die im Winter liegengeblieben waren. Nach einer guten Stunde stand Dick wieder auf, um nach Ralf zu sehen. Ralf war gerade dabei, hinter dem Forsthaus die Zäune zu reparieren, als er Dick kommen sah.

»Na, mein Schatz. Geht es dir wieder gut?«, wollte er wissen.

»Ja, mir geht es schon ein wenig besser«, antwortete Dick und sah Ralf mit verliebtem Blick an. »Ich werde mal in die Küche gehen und uns was zu essen machen«, sagte sie und verschwand ins Haus.

Als Ralf mit der Arbeit fertig war, ging er ins Haus, um nach Dick zu sehen.

»Du kommst gerade richtig«, sagte sie, als Ralf zur Tür hereinkam und sie ihn lächelnd ansah. »Das Essen ist fertig und wir können gleich anfangen.«

Ralf langte mit großem Appetit zu. Nach einer Weile bemerkte er, dass Dick kaum einen Bissen angerührt hatte.
»Was ist denn mit dir? Du hast ja kaum was gegessen«, sagte Ralf und sah Dick besorgt an.
»Ich habe zur Zeit nicht so großen Appetit, aber ich könnte jetzt ein großes Glas Gurken aufessen.«
»Dick. Leider haben wir keine Gurken im Haus. Weißt du was? Ich fahre gleich in den Ort und werde dir ein Glas Gurken besorgen. Ich muss sowieso noch was erledigen und dann fahre ich gleich beim Kaufmann vorbei«, sagte Ralf, als er sich Dick zuwandte. »Ich werde mich beeilen und bald zurück sein.«
»Ich werde die Küche aufräumen und lege mich dann wieder hin«, antwortete Dick.

Als Ralf nach drei Stunden wieder zu Hause war, ging er hoch ins Schlafzimmer, um nach Dick zu schauen. Als er die Tür öffnete, war Dick gerade aufgewacht und sah Ralf mit strahlendem Lächeln an. Ralf ging auf sie zu und hatte dabei ein Glas Gurken in der Hand.

»Du warst aber lange weg«, sagte sie, als sie auf die Uhr schaute.

»Ich war noch kurz auf dem Immenhof. Oma fragte, was ich mit dem Glas Gurken vorhabe, und da habe ich ihr erzählt, dass die Gurken für dich sind. Sie hat sich natürlich Sorgen gemacht, aber ich habe sie beruhigen können«, sagte Ralf, als er sich zu Dick ans Bett setzte und ihr einen Kuss gab.

»Das ist lieb von dir«, sagte sie, nahm Ralf das Glas mit den Gurken aus der Hand und aß alle auf einmal auf. »Ich glaube, du musst morgen noch mehr Gläser mit Gurken besorgen«, sagte Dick, nachdem sie die letzte Gurke gegessen hatte.

»Das werde ich machen, mein Schatz«, meinte Ralf.

Ralf nahm Dick das leere Glas aus der Hand und sah Dick mit ernstem Blick an.

»Wenn es morgen nicht besser wird, dann gehst du bitte zum Arzt.«

»Das verspreche ich dir, mein Schatz«, sagte Dick, als sie Ralf verliebt ansah.

Kapitel 2

Der Überfall

Es dauerte nicht mehr lange und es war Ostern. Wie jedes Jahr kam Onkel Pankraz Ostern zu Besuch, um auch seinen Enkel Michael wiedersehen zu können. In diesem Jahr war zum ersten Mal ein Osterfeuer geplant und die Bewohner auf dem Immenhof waren damit beschäftigt, alles dafür vorzubereiten. Wie jeden Tag wurde morgens beim Frühstück besprochen, welche Aufgaben zu erledigen waren. Jochen hatte einen Plan erstellt und teilte die Aufgaben auch gleich ein.

»Sag mal, Schatz. Wann wollte dein Vater eigentlich kommen?«, fragte Jochen und sah dabei seine Frau Margot mit verliebten Blicken an.

»Mein Vater wollte Gründonnerstag kommen und zwei Wochen bleiben«, antwortete Margot.

»Das ist sehr gut«, meinte Jochen mit einem Lächeln im Gesicht. »Dann kann dein Vater ja noch ein wenig bei den Vorbereitungen helfen.«

»Ich weiß nicht, ob das so eine gute Idee ist, mein Schatz«, sagte Margot und streichelte ihrem Mann mit der Hand zärtlich über das Gesicht.

»Aber, Margot, du weißt doch, dass dein Vater gar nicht ruhig rumsitzen kann«, erwiderte Jochen.

In diesem Moment kam Dalli herein und setzte sich an den Küchentisch.

»Schön, dass du auch mal kommst. Wir haben noch viel zu tun, bis Ostern die ersten Gäste kommen«, sagte Jochen und sah Dalli mit einem strengen Blick an. »Außerdem kommt Onkel Pankraz zu Besuch und dann sollte alles fertig sein.«

»Das ist ja toll, dass Onkel Pankraz kommt«, freute sich Dalli und sah Jochen mit strahlenden Augen an. »Dann werde ich mich mal mit den anderen an die Arbeit machen«, fügte sich noch hinzu.

»Das ist eine sehr gute Idee«, sagte Jochen.

Dalli stand auf und ging Richtung Café, wo Ethelbert schon auf sie wartete.

»Mensch, Dalli, wo bleibst du denn die ganze Zeit?«

»Ich habe noch mit Jochen in der Küche gesprochen«, sagte Dalli und sah Ethelbert dabei verliebt an. »Weißt du, wer Ostern zu Besuch kommt?«

»Du wirst es mir bestimmt gleich erzählen«, sagte Ethelbert mit einem Lächeln.

»Onkel Pankraz kommt wieder zu Besuch«, berichtete Dalli freudestrahlend. »Ich weiß auch schon, wie wir ihn überraschen werden«, sagte sie und grinste dabei über das ganze Gesicht.

»Du hast doch nicht vor, ihn wieder zu überfallen wie vor fünf Jahren mit deiner Cowboy- und Indianer-Truppe?

»Doch, mein Schatz. Das werde ich wieder machen«, lachte Dalli. »Das wird wieder ein riesen Spaß werden.«

»Ich glaube, dafür bist du schon zu alt, und Onkel Pankraz ist auch nicht mehr der Jüngste«, meinte Ethelbert und sah Dalli mit strengen Blicken an.

»Ich werde nachher gleich mal mit einigen Freunden telefonieren, ob sie Zeit haben.«

»Lass uns lieber mit der Arbeit anfangen«, drängelte Ethelbert.

Die Arbeit ging ganz gut voran. Jochen und Hein kümmerten sich um das Holz für das Osterfeuer, während sich Oma und Margot, zusammen mit einer Haushaltshilfe, um die Zimmer kümmerten. Auch Dick und Ralf halfen mit und kümmerten sich, zusammen mit Mans, um die Ponys. Dick ging es an diesem Tag schon wieder besser. Am Abend waren alle glücklich und erschöpft, denn die meiste Arbeit konnten sie erledigen.

Der nächste Tag begann mit einem wunderschönen Sonnenaufgang und alle freuten sich auf Ostern.

»Kann mir vielleicht jemand sagen, wo Dalli ist?«, fragte Ethelbert, als er in die Küche hereinkam.

»Mein Junge. Das kann ich dir leider nicht sagen«, sagte Oma und sah Ethelbert mit erstaunten Blicken an.

»Na, dann werde ich sie mal suchen«, meinte Ethelbert und ging Richtung Café.

In der Zwischenzeit hatte sich Dalli mit ihren Leuten im Wald auf die Lauer gelegt und wartete auf die Ankunft von Onkel Pankraz, um ihn zu überfallen. Alle hatten sich als Cowboys und Indianer verkleidet. Auch Mans war wieder mit dabei und wartete zusammen mit den anderen geduldig auf Onkel Pankraz.

»Bist du sicher, dass er hier an derselben Stelle wie vor fünf Jahren vorbeikommt?«, fragte Mans neugierig.

»Da bin ich mir ziemlich sicher, Mans. Er fährt immer hier lang, wenn er zum Immenhof will.«

Nach kurzer Zeit kam ein Auto in den Wald gefahren und es war tatsächlich Onkel Pankraz in seinem Horch. Dalli hatte mit ihren Freunden wieder eine Straßensperre mit Baumstämmen errichtet, und als Onkel Pankraz in den Wald eingebogen war, musste er mit seinem Auto anhalten. In diesem Moment sprangen Dalli, Mans und ihre Freunde hinter den Bäumen hervor und nahmen Onkel Pankraz gefangen.

»Hallo, Onkelchen. Du bist gefangen und gegen Lösegeld kommst du wieder frei«, sagte Dalli, nachdem sie zu ihm ins Auto gesprungen war.

»Ist gut. Ich ergebe mich«, schrie Onkel Pankraz. »Das ist ja eine nette Begrüßung, mein Kind«, sagte er mit erleichterter Stimme. »Bist du nicht zu alt für solche Spielchen?«, wollte Onkel Pankraz wissen.

»Aber Onkelchen. Für Spaß ist man doch nie zu alt.«

Nachdem Onkel Pankraz den Schreck überstanden hatte, ging es zurück zum Immenhof, wo man schon ungeduldig auf ihn gewartet hatte.

Am Abend saßen alle im Kaminzimmer zusammen und hatten sich viel zu erzählen.

Alle freuten sich auf das Osterfeuer mit den Gästen. Die ersten Gäste hatte Hein vom Bahnhof abgeholt und Jochen hatte zusammen mit Ethelbert alles für das Osterfeuer vorbereitet. Als es langsam dunkel wurde, zündete Jochen das Osterfeuer an und alle Bewohner vom Immenhof und die Gäste freuten sich auf einen schönen Abend. Alle saßen am Lagerfeuer, als Dalli zu Onkel Pankraz ging und nach dem Lösegeld fragte.

»Ich hatte gehofft, du hättest es vergessen«, sagte Onkel Pankraz und sah Dalli lächelnd an.

»Na, da kennst du mich aber schlecht. Sowas vergesse ich nicht.«

»Also gut«, sagte Onkel Pankraz. »Was hältst du davon, wenn ich für die Ponys neue Trensen spendiere?«

»Das ist eine sehr gute Idee«, freute sich Dalli und gab Onkel Pankraz einen dicken Kuss auf die Wange.

Es wurde ein sehr langer und vergnüglicher Abend und alle freuten sich am Osterfeuer.

Kapitel 3

Ein neues Pferd

Nachdem das Osterfeuer vorbei war, begann wieder der Alltag auf dem Immenhof und es wartete wieder jede Menge Arbeit auf alle Bewohner. Die ersten Gäste waren da und der Immenhof war gut besucht. In diesem Jahr war es zu Ostern schon recht warm geworden und alles fing schon an zu blühen.

Für Jochen kam jetzt wieder eine Menge auf ihn zu, denn auch der Reitunterricht fing wieder an. Jochen hatte die Gruppe mit den Gästen, die schon gut reiten konnten. Die Kinder bekamen Unterricht auf den Ponys und die erwachsenen Gäste auf den großen Pferden. Auch Jochens Pferd, Mirabell, war im Reitbetrieb mit dabei. Mirabell war inzwischen schon 20 Jahre alt und hatte schon einige Verletzungen davongetragen. Aus diesem Grund hatte sich Jochen dazu entschlossen, ein neues Pferd zu kaufen, um Mirabell nicht mehr so oft am Unterricht teilnehmen lassen zu müssen.

Nachdem der Unterricht vorbei war, ging Jochen ins Haus, um mit seinem Freund Peter zu telefonieren, der ihm vor einigen Jahren schon einmal Pferde verkauft hatte. Nach dem Telefonat ging Jochen in die Küche, wo Margot schon auf ihn wartete.

»Ich habe gerade Peter angerufen wegen eines neuen Pferds«, sagte Jochen, als er Margot sah. »Ich möchte

Mirabell das nicht mehr lange zumuten mit dem Reit-unterricht, sie ist auch nicht mehr die Jüngste. Ich fahre morgen mal zu Peter und schaue mir ein paar Pferde an«, fügte er noch hinzu.

»Dann nimm am besten Dr. Pudlich mit. Er kann sich die Pferde dann etwas genauer anschauen«, meinte Margot.
»Eine gute Idee«, sagte Jochen und nahm seine Frau in den Arm.

Am nächsten Tag machte sich Jochen zusammen mit Dr. Pudlich auf den Weg zu seinem Freund Peter. Er besaß einen Reiterhof in der Nähe von Lübeck und hatte eine sehr gute Pferdezucht aufgebaut. Auf dem Hof angekommen, begrüßten sie sich und gingen gleich zum Reitstall zu den Pferden.

»Was für ein Pferd suchst du denn?«, wollte Peter wissen.
»Es sollte schon erfahren sein und für den Reitunter-richt geeignet«, meinte Jochen.

Peter stellte Jochen zwei Pferde vor. Lady, eine zehnjäh-rige Holsteiner Stute, und Eros, ein zwölfjähriger Hannoveraner Wallach.

»Ich würde gerne alle beide mal reiten und ausprobieren, welches Pferd besser geeignet ist.«
»Das ist kein Problem«, sagte Peter und machte das erste Pferd für Jochen fertig.

Zuerst kam Lady an die Reihe, die sehr ruhig war. Jochen ritt eine halbe Stunde auf ihr und war sehr begeistert.

»Also, Lady gefällt mir sehr gut«, meinte Jochen, nachdem er vom Pferd abgestiegen war. »Was meinen Sie, Dr. Pudlich?«

»Ich muss schon sagen, das Pferd macht auf mich einen guten Eindruck.«

»Ich würde gerne noch das zweite Pferd ausprobieren«, sagte Jochen.

»Kein Problem. Ich bringe dir Eros sofort.«

Als Peter mit Eros zurückkam, setzte sich Jochen auf das Pferd und ritt es auch eine halbe Stunde lang. Nachdem er abgestiegen war, brachte er mit Peter zusammen das Pferd zurück in seine Box.

»Na? Welches Pferd möchtest du haben?«, wollte Peter von Jochen wissen.

»Ich glaube, ich nehme Lady. Sie ist ruhiger und nicht so temperamentvoll wie Eros. Sie ist definitiv besser für den Reitunterricht geeignet, oder was meinen Sie, Dr. Pudlich?«, fragte Jochen.

»Ich würde mich auch für Lady entscheiden. Ich glaube, dass sie eine gute Wahl ist.«

Nachdem man sich auf den Kaufpreis geeinigt hatte, fuhren Jochen und Dr. Pudlich wieder zurück auf den Immenhof. Als sich alle am Abend im Kaminzimmer versammelt hatten, erzählte Jochen, dass er von seinem Freund Peter ein neues Pferd gekauft hatte.

»Ich hoffe, du hast eine gute Wahl getroffen«, sagte Margot und legte ihren Kopf auf seine Schulter.

»Ich hatte ja mit Dr. Pudlich einen Fachmann an meiner Seite«, sagte Jochen und schaute zu Dr. Pudlich.

»Dann kann ja nichts mehr passieren, mein Junge«, meinte Oma und lachte laut.

Am nächsten Tag kam Peter mit dem Pferdehänger vorgefahren und brachte das neue Pferd. Nachdem Jochen und Peter es ausgeladen hatten, brachten sie Lady erst einmal in ihre Box. Als sich beide verabschiedet hatten, wollten alle das neue Pferd sehen. Alle waren total begeistert von Lady.

»Ich werde es morgen gleich im Unterricht einsetzen«, sagte Jochen.

Am nächsten Morgen nach dem Frühstück ging Jochen zum Unterricht auf den Reitplatz, wo Hein schon mit dem neuen Pferd auf ihn wartete.

»Ich werde es erst einmal selbst ein wenig warmreiten, bevor wir mit dem Unterricht beginnen«, sagte Jochen.

Nachdem Jochen das Pferd warmgeritten hatte, konnte der Reitunterricht beginnen. Jochen hatte von Anfang an keine Probleme mit Lady und sie ließ sich sehr ruhig reiten.

Als Jochen mit dem Unterricht fertig war, stieg er vom Pferd und führte Lady in den Stall zurück. Dort wartete Hein auf Jochen und nahm ihm das Pferd ab.

»Nun, Käpt'n? Wie lässt sich Lady reiten?«, wollte er neugierig wissen.

»Sie ist wirklich sehr ruhig und lässt sich wunderbar reiten. Da habe ich einen guten Kauf gemacht«, antwortete Jochen und war sichtlich erleichtert.

»Dann kann sie ja morgen am Unterricht mit den Gästen teilnehmen«, sagte Hein und sah Jochen an.

Jochen drehte sich zu Hein um und sagte: »Sie kann morgen am Unterricht teilnehmen. Ich sehe da keine Probleme.«

Kapitel 4

Manuela

Es war nun Anfang Mai geworden und die Natur zeigte sich von ihrer schönsten Seite. Überall auf dem Hof fing es an zu blühen und auch der Raps fing langsam an, sich von seiner schönsten Seite zu zeigen.

Mit dem Wonnemonat Mai kamen auch immer mehr Feriengäste auf den Immenhof, um dort ihren Urlaub zu verbringen. Dalli und Ethelbert waren heute mit dem Füttern der Pferde dran, als Jochen in den Stall kam.

»Guten Morgen, ihr beiden«, begrüßte Jochen Dalli und Ethelbert, die gerade mit dem Füttern fertig waren.

»Morgen, Jochen«, grüßten beide zurück.

»Ethelbert. Kannst Du bitte um 10 Uhr einen Feriengast vom Bahnhof abholen? Hein und ich müssen noch ein paar Zäune reparieren.«

»Klar, kann ich machen«, sagte Ethelbert.

Nachdem Jochen den Stall verlassen und sich mit Hein auf dem Weg zur Weide gemacht hatte, machte sich Ethelbert mit der Kutsche kurz vor 10 Uhr auf den Weg zum Bahnhof. Als er am Bahnhof angekommen war, fuhr der Zug aus München gerade ein. Ethelbert stieg von der Kutsche, nahm sein Schild mit der Aufschrift »Ponyhotel Immenhof« und ging zum Bahnsteig. An diesem Tag kamen sehr viele Reisende in Malente an und so musste Ethelbert lange warten, bis er seinen Feriengast begrüßen konnte.

»Das ist aber ein toller Service vom Hotel«, sagte eine junge Frau und ging auf Ethelbert zu.

»Herzlich Willkommen in Malente. Mein Name ist Ethelbert und ich bin hier, um sie zum Immenhof zu bringen«, grüßte Ethelbert.

»Das ist sehr nett von Ihnen, junger Mann. Mein Name ist Manuela Lange und ich komme aus München«, antwortete sie und sah dabei Ethelbert mit einem strahlenden Lächeln an.

Manuela war 30 Jahre alt, schlank und hatte lange dunkle Haare. Ethelbert nahm ihren Koffer und die beiden gingen zu Kutsche. Auf dem Weg zum Immenhof wollte Manuela natürlich wissen, was Ethelbert auf dem Immenhof zu tun hat.

»Ich betreibe mit meiner Freundin Dalli das Café auf dem Immenhof und ab und zu kümmern wir uns auch um die Pferde. Manchmal, so wie heute zum Beispiel, hole ich auch Feriengäste vom Bahnhof ab.«

Als beide auf dem Immenhof angekommen waren, trug Ethelbert den Koffer von Manuela auf ihr Zimmer im ersten Stock. Nachdem er den Koffer abgestellt und sich von Manuela verabschiedet hatte, ging er wieder zu Dalli ins Café, um ihr beim Servieren zu helfen.

»Das wurde aber auch Zeit, dass du kommst«, sagte Dalli und sah Ethelbert gestresst an. »Hier ist die Hölle los. Kein Wunder bei dem tollen Wetter. Aber wieso hat das eigentlich so lange gedauert?«, wollte Dalli wissen.

»Erst musste ich ziemlich lange am Bahnhof warten, weil heute richtig viele Reisende ausgestiegen sind, und dann habe ich unserem Feriengast noch den Koffer aufs Zimmer gebracht«, antwortete Ethelbert.

»Den Koffer hätte Hein doch aufs Zimmer bringen können. Du wirst hier dringend gebraucht.«

»Hein war aber nicht da und so habe ich eben den Koffer aufs Zimmer gebracht«, rechtfertigte sich Ethelbert.

Nachdem der erste Ansturm vorbei war, kam auf einmal Manuela ins Café, setzte sich draußen auf die Terrasse und bestellte sich einen Kaffee. Sie war leicht bekleidet, trug einen kurzen Rock und eine helle Bluse mit tiefem Ausschnitt.

Als Ethelbert ihr den Kaffee an den Tisch brachte, sah sie ihn mit ihren strahlend blauen Augen an.

»Hätten Sie heute Abend vielleicht Zeit, mir den Hof zu zeigen?«, fragte sie.

»Das kann ich sehr gerne machen. Wäre Ihnen 18 Uhr vor dem Herrenhaus recht? Dann kann ich Ihnen alles zeigen.«

»Schön, da freue ich mich. Ich werde pünktlich sein«, versprach Manuela.

Ethelbert kam gerade zur abgesprochenen Zeit am Herrenhaus an, als Manuela auf ihn zukam.

»Schön, dass du da bist, Ethelbert. Dann können wir ja losgehen«, freute sie sich.

Beide gingen über den Hof und Ethelbert zeigte Manuela die Pferdeställe, die Reithalle und das Bootshaus, von dem Manuela besonders angetan war.

»Das ist aber ein sehr schönes Plätzchen, wenn man mal sein Ruhe haben möchte«, sagte sie begeistert und schaute Ethelbert dabei an.

»Das finde ich auch«, antwortete Ethelbert und konnte den Blick nicht von Manuela lassen. »Hier sitze ich oft mit Dalli und wir schauen uns den Sonnenuntergang an.«

»Das würde ich auch gerne mal erleben«, seufzte Manuela.

»Warum nicht? Das können wir die nächsten Tage gerne mal machen«, antwortete Ethelbert.

Nachdem beide den Rundgang beendet hatten, brachte Ethelbert Manuela wieder zu ihrem Zimmer. Währenddessen wartete Dalli die ganze Zeit auf Ethelbert.

»Da bist du ja endlich«, sagte sie mit verärgerter Stimme, als er zurückkam. »Muss das wirklich sein, dass du jungen, attraktiven Frauen den Hof zeigen musst?«

»Da ist doch nichts dabei«, antwortete Ethelbert und sah dabei Dalli an.

»Ich hoffe, das wird jetzt nicht zur Gewohnheit, mein Lieber.«

»Lass uns jetzt lieber schlafen gehen. Ich bin müde«, sagte Ethelbert.

Am nächsten Morgen ging Ethelbert ins Café und wollte gerade aufschließen, als Manuela hinter ihm stand und ihre Hand auf seine Schulter legte.

»Schönen guten Morgen, Ethelbert. Ich hoffe, du hast gut geschlafen?«, fragte sie und sah Ethelbert mit verträumten Blicken an.

»Ja, das habe ich«, antwortete Ethelbert.

Nachdem er aufgeschlossen hatte, setzte sich Manuela an den Tisch direkt am Fenster und bestellte sich ein Frühstück. Ethelbert machte das Frühstück fertig und brachte es Manuela an den Tisch. Als Ethelbert das Tablett abstellte, berührte Manuela mit ihrer Hand sein Gesicht. In diesem Augenblick kam Dalli zur Tür herein und verzog das Gesicht.

»Ethelbert, kommst du mal bitte.«

Ethelbert wandte sich von Manuela ab und ging zu Dalli in die Küche.

»Sag mal, findest du nicht, dass das ein bisschen zu weit geht?«, fragte Dalli und sah Ethelbert wütend an.

»Ich weiß gar nicht, was du hast. Ich habe Manuela nur ihr Frühstück gebracht. Weiter nichts.«

»Weiter nichts? Ich werde deiner Manuela jetzt mal erzählen, was wir unter Service verstehen.«

Voller Wut ging Dalli zu Manuela an den Tisch und sagte ihr ihre Meinung. Nachdem Dalli in die Küche zurückkam, stand Manuela auf und verließ das Café.

»So, mein lieber Ethelbert. Ich glaube nicht, dass dich Manuela jemals wieder belästigen wird.«

»Was hast du ihr denn alles erzählt?«, wollte Ethelbert neugierig wissen.

»Ich habe ihr klipp und klar gesagt, dass sie die Finger von dir lassen soll und dass wir beide ein Paar sind.«

»Du bist ja eifersüchtig, mein Schatz«, stellte Ethelbert erstaunt fest. Er nahm Dalli fest in den Arm und gab ihr einen langen Kuss. Am Abend gingen beide Hand in Hand zum Bootshaus und sahen lange dem Sonnenuntergang zu.

Kapitel 5

Der Rivale

Nun war es so weit. Die ersten Sommerferiengäste waren angekommen. Darunter war auch ein junger Feriengast, der auf dem Immenhof seinen Urlaub verbringen wollte. Nachdem Hein die Gäste vom Bahnhof abgeholt und die Koffer auf die Zimmer gebracht hatte, machte sich der neue Feriengast auf den Weg zu den Reitställen. Dort angekommen, traf er auf Margot, die Frau von Jochen.

»Guten Tag. Kann ich Ihnen helfen?«, begrüßte Margot den neuen Feriengast.

»Guten Tag. Mein Name ist Bernd Schmitt und ich bin gerade angekommen.«

»Darf ich Ihnen die Pferde zeigen?«, fragte Margot.

»Ja, sehr gerne«, antwortete Bernd.

Margot zeigte Bernd die Pferde. Als sie bei Lady, dem neuen Pferd von Jochen, ankamen, war er sichtlich beeindruckt.

»Das ist aber ein schönes Pferd«, sagte Bernd begeistert.

»Ja, das ist das neue Pferd Lady von meinem Mann Jochen.«

»Ach, Sie sind verheiratet?«, fragte Bernd.

»Ja, wir sind jetzt fünf Jahre glücklich verheiratet und haben einen Sohn«, antwortete Margot.

»Schade, dass die schönsten Frauen immer vergeben sind«, sagte Bernd.

»Wieso sind Sie noch nicht verheiratet?«, wollte Margot wissen.

»Wissen Sie. Bisher ist mir noch nicht die richtige Frau über den Weg gelaufen«, antwortete er.

Nachdem Margot Bernd die Pferde gezeigt hatte, verabschiedete sie sich von ihm und ging ins Haus.

Am nächsten Tag machte sich Bernd nach dem Frühstück auf den Weg in die Reithalle, wo er wieder auf Margot traf, die ihrem Mann beim Reitunterricht zusah.

»Schönen guten Morgen«, sagte Bernd, als er Margot in der Reithalle sah.

»Guten Morgen, Bernd. Ich hoffe, Sie haben gut geschlafen.«

»Ja. Das habe ich«, antwortete er und sah Margot verträumt an.

»Wer ist das denn?«, wollte Jochen wissen, als er Bernd in der Halle sah.

»Das ist ein neuer Feriengast«, antwortete Margot.

Jochen war aufgefallen, dass Bernd wohl Interesse an Margot hatte.

»Ich will ihm den Hof zeigen«, sagte Margot und verabschiedete sich von Jochen.

»Ja, bis später«, antwortete er und sah den beiden hinterher.

Margot zeigte Bernd den Hof und sie wollte wissen, ob er auch reitet.

»Es ist schon lange her, dass ich auf einem Pferd gesessen habe«, antwortete Bernd.

»Hätten Sie denn mal wieder Lust, sich auf ein Pferd zu setzen?«, fragte Margot.

»Warum eigentlich nicht. Reiten Sie denn auch?«

»Ja, ich reite auch. Das hat mir mein Mann beigebracht«, antwortete Margot.

»Könnten Sie mir Reitunterricht geben?«, fragte Bernd, in der Hoffnung, dass Margot ja sagt.

»Ich kann Ihnen Unterricht geben, obwohl ich nicht dafür zuständig bin.«

»Das ist ja große Klasse«, freute sich Bernd.

»Dann lassen Sie uns morgen Abend gleich damit beginnen. Sagen wir morgen um 18 Uhr in der Reithalle?«, schlug Margot vor.

»Ja, sehr gerne. Ich werde da sein«, antwortete Bernd und sah Margot lächelnd an.

Am nächsten Tag trafen sich beide um 18 Uhr an der Reithalle zum Unterricht. Margot hatte für ihn Lady gesattelt, die sehr erfahren war. Nachdem Bernd aufgestiegen war, ritt er ein paar Runden Schritt, bevor Margot ihn an die Longe nahm. Nach einer halben Stunde war

Heidi Brühl und Matthias Fuchs bei Dreharbeiten
zu Ferien auf Immenhof 1957

Filmszene aus Ferien auf Immenhof 1957
von links Matthias Fuchs, Angelika Meissner und Heidi Brühl

Filmszene aus Ferien auf Immenhof 1957

Pressefoto aus Ferien auf Immenhof 1957
von links Heidi Brühl und Angelika Meissner

Heidi Brühl links und Angelika Meissner rechts
in Ferien auf Immenhof 1957

von links Matthias Fuchs, Heidi Brühl und Angelika Meissner

von links Heidi Brühl, Margarete Haagen und Angelika Meissner

Angelika Meissner links und Raidar Müller-Elmau
in Ferien auf Immenhof 1957

der Unterricht beendet und beide brachten Lady zurück in den Stall, wo Jochen schon wartete.

»Da seid ihr ja endlich. Ich habe schon auf euch gewartet«, antwortete er und sah dabei Margot mit einem ernsten Blick an.

Als Lady versorgt war, gingen Jochen und Margot zurück ins Haus. Bernd ging noch am See entlang zum Bootshaus. Als er zurückkam, sah er Margot noch vor dem Herrenhaus.

»Können wir uns morgen wiedersehen, abseits vom Trubel hier?«, fragte Bernd und sah Margot verträumt an.
    »Wir können uns morgen am Bootshaus treffen, wenn Sie wollen«, schlug Margot vor.
    »Eine gute Idee«, freute sich Bernd.

Am nächsten Tag trafen sich beide am Bootshaus und unterhielten sich.

»Ich würde dir gerne das Du anbieten, wenn du nichts dagegen hast«, sagte Bernd.
    »Einverstanden. Ich bin Margot.«
    »Hättest du Lust zu schwimmen?«, fragte Bernd.
    »Das ist, glaube ich, keine so gute Idee. Ich bin verheiratet, wie du weißt«, stellte Margot klar.
    »Du bist eine wunderbare Frau und ich bin sehr gerne mit dir zusammen«, sagte Bernd mit leidenschaftlicher Stimme.

»Ich glaube, ich werde lieber gehen«, antwortete Margot mit verwirrter Stimme.

Sie wollte gerade gehen, als Bernd sie festhielt, sie in den Arm nahm und küsste. Margot versuchte sich zu wehren, ließ es aber dann doch geschehen. Nachdem sie sich geküsst hatten, riss Margot sich los und rannte Richtung Herrenhaus. Als sie dort angekommen war, wartete schon Jochen auf sie. Er sah Margot mit versteinertem Blick an.

»Ich habe euch beide am Bootshaus gesehen«, sagte er.

»Der Kuss hatte nichts zu bedeuten, genau wie damals dein Kuss mit Fräulein Ursula.«

»Das kann sein, aber ich glaube, es ist besser, wenn ich heute im Gästezimmer schlafe«, antwortete Jochen und verließ das Haus.

Kapitel 6

Das Angebot

Die Stimmung auf dem Immenhof war wegen der Ehekrise zwischen Margot und Jochen ein wenig getrübt. Als Erste bemerkte Oma, dass zwischen Margot und Jochen etwas nicht stimmte. Es war schon 10 Uhr am Morgen, als Oma in die Küche kam und Margot noch immer am Frühstückstisch saß. Sie saß nur da und schaute regungslos aus dem Fenster.

»Sag mal, Margot, was ist denn zwischen dir und Jochen los?«, fragte Oma und sah Margot mit ernster Miene an.

»Ach, Oma. Zwischen mir und Jochen läuft es gerade nicht so gut«, seufzte Margot.

»Hat dieser Herr Schmitt vielleicht etwas damit zu tun?«, wollte Oma wissen.

»Ja, ich glaube schon«, antwortete Margot und lief weinend aus der Küche nach draußen.

In diesem Moment kam Dr. Pudlich zur Tür herein und sah Margot weinend an sich vorbeilaufen. Er sah Oma mit ganz erstaunten Augen an.

»Ist irgendwas passiert?«, wollte Dr. Pudlich wissen.

»Zwischen Margot und Jochen gibt es eine Ehekrise«, sagte Oma und sah Dr. Pudlich mit besorgter Miene an.

»Das kommt in den besten Familien vor und geht auch wieder vorbei«, versuchte Dr. Pudlich zu beruhigen.

»Ja, wenn Sie das sagen.«

»Haben Sie etwas Geduld, meine liebste Henriette«, sagte Dr. Pudlich.

In der Zwischenzeit war es schon Mittag geworden, als ein Auto auf den Hof fuhr und vor dem Reitstall anhielt. Ein Mann stieg aus und sah sich in aller Ruhe den Hof an. Als er in die Reithalle ging, sah er einen Reiter auf einem Pferd und sprach ihn an.

»Guten Tag. Mein Name ist Oscar Lindemann und ich suche einen Herrn von Roth. Können Sie mir vielleicht sagen, wo ich ihn finde?«

»Schönen guten Tag. Ich bin Herr von Roth«, begrüßte Jochen vom Pferd Lady den Herrn.

»Wie kann ich Ihnen behilflich sein?«, wollte Jochen wissen.

»Ich hätte mich sehr gerne einmal mit Ihnen über den Immenhof unterhalten.«

Jochen stieg vom Pferd und ging auf Herrn Lindemann zu.

»Und über was genau wollen Sie sich mit mir unterhalten?«, wollte Jochen neugierig wissen.

»Gibt es hier irgendwo einen Platz, wo wir ungestört reden können?«, fragte Herr Lindemann.

»Den gibt es. Folgen Sie mir.«

Jochen nahm sein Pferd und ging mit Herrn Lindemann zum Reitstall. Dort wartete schon Hein und nahm Jochen das Pferd ab.

»Lassen Sie uns zum Bootshaus gehen, Herr Lindemann. Dort können wir uns in Ruhe unterhalten.«

Als sie am Bootshaus angekommen waren, wollte Jochen wissen, was Herr Lindemann mit ihm zu besprechen hatte.

»Ich möchte nicht lange um den heißen Brei herumreden, Herr von Roth. Ich suche im Auftrag eines großen Konzerns Immobilienobjekte.«

»Und was wollen Sie mit den Immobilien machen?«, wollte Jochen neugierig wissen.

»Wir kaufen diese Immobilien auf, sanieren und verkaufen sie dann wieder, oder wir reißen sie ab und bauen etwas Neues. Ich bin hier, um Ihnen ein Angebot zu unterbreiten. Ich habe gesehen, dass der Immenhof dringend renoviert werden muss, genau wie dieses Bootshaus hier. Ich glaube, dass Sie nicht das nötige Geld zur Verfügung haben, um diese Renovierung durchführen lassen zu können.«

»Woher wollen Sie das wissen?«, fragte Jochen.

»Ich habe mich erkundigt und ich biete Ihnen eine Million Mark an für den Hof und alle Ländereien, die dazugehören. Damit wären alle Ihre Sorgen mit einem Schlag erledigt.«

»Das ist ein sehr gutes Angebot, Herr Lindemann, aber

das kann ich nicht alleine entscheiden. Die Sache muss ich heute Abend erst mit der Familie besprechen.«

»Machen Sie das, Herr von Roth, und sagen Sie mir morgen Mittag Bescheid.«

»Werde ich machen, Herr Lindemann«, antwortete Jochen.

Am Abend nach dem Essen versammelten sich alle im Kaminzimmer.

»Kannst du bitte mal sagen, was los ist, mein Junge?«, wollte Oma wissen.

»Ich muss etwas Wichtiges mit euch besprechen«, sagte Jochen mit ernstem Blick.

»Wir ihr ja alle wisst, brauchen wir im Moment jede Mark, um den Immenhof zu renovieren, und mir wurde heute ein Angebot gemacht, den Immenhof für eine Million Mark zu verkaufen.«

»Können wir nicht Onkel Pankraz fragen, ob er uns aushelfen kann?«, schlug Dalli vor.

»Mein Vater hat schon genug Geld gegeben«, mischte sich Margot ein.

»Aber er ist die einzige Hoffnung, die wir haben«, sagte Dalli und fing an zu weinen.

»Also gut. Ich mache euch einen Vorschlag. Ich werde meinen Vater jetzt anrufen und fragen, ob er uns aushelfen kann«, sagte Margot.

Sie ging ins Wohnzimmer und telefonierte mit ihrem Vater. Nach einer Weile kam sie zurück ins Kaminzimmer und setzte sich hin. Alle Augen waren auf sie gerichtet.

»Also, ich habe mit meinem Vater gesprochen und er würde die ganzen Renovierungskosten übernehmen.«

Alle sprangen auf und fielen Margot um den Hals.
»Ich wusste doch, dass man sich auf Onkelchen verlassen kann«, lachte Dalli.

Nachdem sich alle wieder hingesetzt hatten, ergriff Jochen das Wort.

»Ich werde Herrn Lindemann morgen sagen, dass wir den Immenhof nicht verkaufen werden.«
»Darauf wollen wir anstoßen«, sagte Oma.

Nachdem alle auf diese wunderbare Nachricht angestoßen hatten, gingen sie zufrieden ins Bett.
Am nächsten Tag kam Herr Lindemann wie verabredet vorbei und wurde von Jochen schon erwartet.

»Nun, Herr von Roth, wie haben Sie sich entschieden?«, wollte Herr Lindemann wissen.
»Wir haben uns entschieden, ihr Angebot nicht anzunehmen. Wir haben einen Geldgeber gefunden, der die Renovierungskosten übernehmen wird.«
»Das ist sehr schade. Aber da kann man nichts machen. Ich wünsche Ihnen jedenfalls viel Glück.«

»Vielen Dank, Herr Lindemann«, verabschiedete sich Jochen.

Herr Lindemann stieg in sein Auto und fuhr vom Hof.

Kapitel 7

Der Antrag

Nachdem sich die Aufregung um das Kaufangebot für den Immenhof gelegt hatte, kehrte langsam wieder Ruhe ein. Die Sommerferien waren im vollen Gange und auch am Forsthaus Dodau hatten Dick und Ralf alle Hände voll zu tun, die Feriengäste zu bewirten und Reitunterricht zu geben. Dick ging es inzwischen wieder besser und Ralf hatte eine Menge Arbeit zu verrichten. Heute war Mans gekommen, um Ralf bei der Reparatur der Zäune zu helfen.

»Das ist gut, dass du da bist, Mans«, begrüßte Ralf seinen Freund, als er ihn mit seinem Motorroller ankommen sah.

»Wir haben heute ein paar Zäune hinter dem Forsthaus zu reparieren und da kann ich dich echt gut als Hilfe gebrauchen.«

»Das ist doch kein Problem. Ich helfe euch doch gerne«, antwortete Mans.

Die beiden schnappten sich einen Werkzeugkoffer und machten sich an die Arbeit. Zuerst mussten die alten, losen Bretter ausgetauscht und die rostigen Nägel entfernt werden. Dann sägten sie die neuen Bretter zu und nagelten sie an.

Dick hatte in der Zwischenzeit das Mittagessen zubereitet. Sie war gerade dabei, den Mittagstisch zu decken, als Ralf und Mans zur Tür hereinkamen.

»Ihr kommt gerade im richtigen Moment. Ich bin eben mit dem Mittagessen fertig geworden.«

»Wie geht es dir eigentlich, Dick?«, wollte Mans wissen.

»Es geht mir wieder besser und heute habe ich zum ersten Mal wieder Reitunterricht gegeben.«

Nach dem Mittagessen machten sich alle wieder an die Arbeit. Gegen Abend waren Ralf und Mans mit ihrer Arbeit an den Zäunen fertig und so konnten sie ihren wohlverdienten Feierabend bei einem Bier genießen. Nachdem Mans sich von Dick und Ralf verabschiedet hatte, gingen die beiden hinter dem Forsthaus spazieren und genossen den Sonnenuntergang.

Am nächsten Morgen hatte Ralf für Dick eine Überraschung geplant. Beide hatten sich den heutigen Tag freigenommen und machten einen Ausflug nach Niendorf an die Ostsee. Sie machten dort einen langen Spaziergang am Strand.

»Ich habe eine Überraschung für dich, mein Schatz. Wir fahren jetzt zum Immenhof. Was hältst du davon?«, fragte Ralf und sah Dick mit verliebten Blicken an.

»Das ist eine prima Idee. Dann kann ich Oma, Dalli und all die anderen endlich mal wiedersehen«, freute sich Dick und fiel Ralf um den Hals.

So machten sich beide auf den Weg zum Immenhof. Als sie dort angekommen waren, lief Dick gleich ins Café, um Dalli und Ethelbert zu begrüßen.

»Das ist aber schön, dass ihr mal vorbeikommt«, begrüßte Dalli ihr Schwester und nahm sie in die Arme.

»Ja, wir haben uns heute mal freigenommen und waren an der Ostsee spazieren.«

»Ihr habt es gut. Mitten in der Saison mal einen Tag freimachen würde ich auch gerne mal«, meldete sich Ethelbert zu Wort.

»Man kann nicht alles haben, lieber Ethelbert«, sagte Dick und sah ihn mit einem verschmitzten Lächeln an.

Nachdem sich Dick von den beiden verabschiedet hatte, ging sie Richtung Herrenhaus, wo Ralf schon auf sie wartete.

»Bevor wir jetzt reingehen, möchte ich mit dir noch zum Bootshaus gehen«, sagte Ralf und nahm Dick an die Hand.

Als beide dort angekommen waren, setzten sie sich auf den Steg.

»Was ist denn jetzt mit der Überraschung?«, fragte Dick neugierig.

In diesem Moment stand Ralf auf und kniete sich vor Dick.

»Liebe Dick. Wir kennen uns jetzt schon fünf Jahre und es war bis jetzt eine wunderschöne Zeit. Wir wohnen im Forsthaus zusammen und sind glücklich. Deshalb möchte ich dich fragen, liebe Dick, möchtest du meine Frau werden?«

Ralf zog eine Schachtel mit einem Ring aus der Hosentasche und zeigte ihn Dick.

»Oh, Ralf, das ist so wunderbar«, sagte Dick und fing an zu weinen. »Ja. Ich will«, sagte sie und gab Ralf einen langen Kuss.

Ralf steckte ihr den Ring an den Finger. Dick konnte ihr Glück kaum fassen.

»Das müssen wir sofort Oma und den anderen erzählen«, sagte Dick aufgeregt.

Beide standen auf und gingen engumschlungen Richtung Herrenhaus, um von ihrer Verlobung zu berichten. In der Küche hatten sich schon fast alle zum Abendessen eingefunden, als Dick und Ralf hereinplatzten.

»Schön, dass ihr fast alle da seid. Wir haben euch etwas mitzuteilen. Ralf hat mir gerade am Bootshaus einen Antrag gemacht und ich habe ja gesagt«, erzählte Dick mit strahlendem Gesicht.

»Das ist ja wunderbar, mein Kind«, freute sich Oma und fiel Dick um den Hals.

Auch Jochen und Margot freuten sich mit den beiden. In diesem Moment kamen Dalli und Ethelbert in die Küche und wunderten sich, warum alle so gut gelaunt waren.

»Haben wir was verpasst?«, fragte Dalli neugierig.

»Stell dir vor, Schwesterchen. Ralf hat mir vorhin am Bootshaus einen Antrag gemacht und ich habe ja gesagt«, sagte Dick mit einem Lächeln im Gesicht.

»Mensch, Dicki, das ist ja großartig«, freute sich Dalli und nahm ihre Schwester in die Arme.

»Siehst du, Ethelbert? Nimm dir mal ein Beispiel an den beiden«, sagte Dalli und schaute zu Ethelbert herüber.

»Das müssen wir unbedingt feiern und darauf anstoßen«, sagte Jochen, stand auf und holte Gläser und zwei Flaschen Sekt.

Alle stießen mit Sekt auf das neue Brautpaar an. Nur Dick trank als einzige Orangensaft.

Kapitel 8

Ausritt

Die Sommerferien waren im vollen Gange und der Immenhof war komplett ausgebucht. Wie jedes Jahr in den Sommerferien wurden wieder Ausritte mit den Feriengästen unternommen. Besonders bei den jungen Gästen waren die Ausritte sehr beliebt. Auch Dalli, Ethelbert, Dick, Ralf und Mans waren bei den Ausritten dabei und hatten ihren Spaß. An diesem Samstag im Juli hatte Dalli mal wieder eine tolle Idee und wollte ein Wettrennen veranstalten. Alle waren mit dem Putzen der Ponys beschäftigt, als Dalli in den Stall kam. Sie wollte Ethelbert, Dick, Ralf und Mans von ihrer Idee erzählen.

»Leute. Ich habe eine tolle Idee, was wir heute beim Ausritt machen könnten«, rief sie den anderen zu.

»Da bin ich aber mal gespannt«, sagte Ethelbert und drehte sich zu Dalli um.

»Wir machen heute ein Wettrennen und wer als Letztes im Ziel ankommt, muss Essen für alle spendieren.«

»Aber Dalli. Das können wir mit unseren Gästen doch gar nicht machen. Die kennen sich hier doch überhaupt nicht aus«, rief Dick und sah ihre Schwester kopfschüttelnd an.

»Okay. Dann muss Hein heute eben mitreiten und die Gäste wieder nach Hause bringen«, sagte Dalli.

»Das musst du aber selber mit ihm ausmachen«, sagte Ethelbert und schüttelte ebenfalls den Kopf.

»Das ist kein Problem«, sagte Dalli.

Dalli ging zu Hein, der gerade am Stall vorbeikam, und fragte ihn, ob er Lust hätte, die Gäste beim Ausritt zu begleiten.

»Das ist eine gute Idee, mein Dirn«, antwortete Hein und war sichtlich begeistert. »Ich wollte schon lange mal wieder ausreiten.«

»Super, Hein. Dann reiten wir in einer halben Stunde los«, freute sich Dalli.

Nachdem alle ihre Ponys geputzt und gesattelt hatten, ging es mit dem Ausritt los. Dalli ritt wie immer vorneweg und es konnte ihr nicht schnell genug gehen. Sie ritten durch das Prinzenholz bis zum Campingplatz nach Fissau und von da aus wieder zurück. Hein führte die Gruppe mit den Gästen durch das Prinzenholz. Dalli ritt mit Ethelbert, Dick, Ralf und Mans vorneweg. Es war ein langer Weg durch das Prinzenholz bis zum Campingplatz nach Fissau. Als sie dort angekommen waren, machten sie erst einmal eine Pause für die Ponys, bevor es wieder zurück zum Immenhof ging. Nach 20 Minuten war Dalli schon wieder ungeduldig und wollte wieder zurückreiten. Sie bat Hein darum, schon einmal loszureiten.

»Wollt ihr denn nicht mitkommen?«, fragte Hein erstaunt nach.

»Wir haben noch etwa vor und kommen später nach«, rief Dalli Hein noch hinterher.

Als Hein mit den Gästen losgeritten war, setzten sich auch Dalli, Ethelbert, Dick, Ralf und Mans wieder auf ihre Ponys.

»Welchen Weg wollen wir denn zurückreiten, Schwesterherz?«, fragte Dick.

»Wir nehmen den Weg direkt am Wasser entlang. Dann sind wir noch vor den anderen zurück auf dem Immenhof. Wer als Letzter ankommt, gibt Essen für alle aus«, rief sie und ritt galoppierend los. Die anderen folgten ihr.

Auf dem Weg am Wasser lagen einige Baumstämme herum, die vom letzten Sturm im Frühjahr liegengeblieben waren. Für Dalli und die anderen war es kein Problem, über diese Hindernisse zu springen. Ihre Isländer Ponys waren es gewohnt. Nach kurzer Zeit hatte Dalli schon einen großen Vorsprung, sodass sie praktisch nicht mehr einzuholen war, doch Dick und die anderen gaben sich noch nicht geschlagen und holten langsam auf. Am Ende war Dalli doch die Schnellste und als Erste auf dem Immenhof. Als Zweite kam Dick auf den Hof. Zwischen Mans und Ralf entwickelte sich ein Kopf-an-Kopf-Rennen, welches Ralf gewann. Ethelbert kam als Letzter ins Ziel. Als Dalli ihn ankommen sah, konnte sie sich ein Lachen nicht verkneifen.

»Mach dir nichts draus, mein Schatz. Das kann jedem mal passieren«, lächelte sie und streichelte Ethelbert über die Wange.

Doch Ethelbert ärgerte sich über den letzten Platz, weil er für alle ein Essen ausgeben musste. Auch Hein war inzwischen auf dem Immenhof angekommen und brachte die Ponys zusammen mit den Gästen zurück in den Stall. Auch Dalli, Ethelbert, Dick, Ralf und Mans brachten die Ponys in den Stall. Anschließend machten sich die fünf fertig fürs Abendessen. Da Ethelbert das Rennen verloren hatte, lud er Dalli und die anderen zum Essen in ein Restaurant in Malente ein.

»Ob ich nächstes Jahr wieder mitreite, weiß ich noch nicht«, meinte Ethelbert mit einem Lächeln.

»Das wäre aber schade, mein Schatz. Wer soll denn dann das Essen bezahlen?«, fragte Dalli und musste laut lachen.

Kapitel 9

Der Neubeginn

Noch immer war der Immenhof ausgebucht und man bekam für diesen Sommer kein freies Zimmer mehr. Das hieß für die Bewohner vom Immenhof sehr viel Arbeit. Für private Momente war kaum Zeit. Dalli und Ethelbert hatten im Café alle Hände voll zu tun. Dick und Ralf waren mit dem Forsthaus voll beschäftigt und ab und zu half Mans mit aus. Margot und Oma kümmerten sich mit den Saisonkräften um das Wohl der Gäste und Jochen und Hein kümmerten sich um die Pferde und Ponys.

Zwischen Jochen und Margot war die Stimmung immer noch nicht besser geworden. Jochen schlief weiterhin im Gästezimmer. Auch dem kleinen Michael war aufgefallen, dass die Eltern kaum noch miteinander redeten. Eine Situation, die Oma gar nicht gefiel. An diesem Morgen wollte Oma ein Gespräch mit Margot führen. Sie ging in die Küche, wo Margot gerade dabei war, den Frühstückstisch abzuräumen.

»Das ist gut, dass ich dich hier erwische«, sagte Oma, als sie zur Küche hereinkam und Margot beim Abräumen helfen wollte.

»Lass mal, Oma. Ich bin gleich fertig. Den Rest schaffe ich schon alleine.«

»Sag mal, Margot. Wie lange soll das denn mit dir und Jochen noch so weitergehen?«, fragte Oma besorgt.

»Ach, Oma. Ich weiß doch auch nicht, wie es weitergehen soll. Jochen weicht mir immer aus, wenn ich mit ihm reden möchte.«

»Das wundert dich?«, fragte Oma erstaunt. »Es hat ihn tief getroffen, als du Herrn Schmitt geküsst hast. Nun weiß er nicht, wie er damit umgehen soll. Hast du denn Gefühle für diesen Herrn Schmitt und bedeutet er dir was?«, wollte Oma wissen.

»Nein. Ich habe keine Gefühle für ihn und der Kuss war ohne Bedeutung für mich«, erwiderte Margot.

»Du musst unbedingt mit Jochen reden und ihm alles erklären«, drängte Oma.

»Das würde ich ja gerne, aber er blockt immer ab.«

»Ich habe da eine Idee. Was hältst du davon, wenn ihr euch heute Abend nach dem Essen am Bootshaus trefft, miteinander redet und dieses Missverständnis aus der Welt schafft?«, schlug Oma vor.

»Würde ich ja gerne machen, wenn Jochen nicht immer abblocken würde.«

»Ich werde Jochen heute Abend zum Bootshaus bestellen und ihm sagen, dass ich mit ihm reden möchte. Dann wird er schon kommen«, sagte Oma mit überzeugter Stimme.

»Danke, dass du uns helfen willst«, sagte Margot sichtlich erleichtert.

Oma machte sich auf den Weg zu Jochen, der gerade mit seinem Pferd Lady in der Reithalle beim Unterricht war.

»Guten Morgen, Oma«, sagte Jochen, als er Oma in die Reithalle kommen sah.

»Guten Morgen, mein Junge. Ich muss heute Abend am Bootshaus mit dir sprechen. Um 20 Uhr und sei bitte pünktlich!«, sagte Oma mit energischer Stimme.

Oma drehte sich um und verließ die Reithalle Richtung Herrenhaus. Jochen schaute ihr verdutzt nach und wusste gar nicht, was er dazu sagen sollte. So hatte er Oma schon lange nicht mehr erlebt.

Nach dem gemeinsamen Abendessen stand Jochen als Erster vom Tisch auf und machte sich auf den Weg zum Bootshaus. Da er viel zu früh da war, setzte er sich auf den Steg, schaute auf das Wasser und hörte den Vögeln zu, die ihr Abendkonzert gaben. Nach einer Weile hörte er Schritte. Jochen stand auf und drehte sich um.

»Was willst du denn hier?«, fragte er erstaunt, als er Margot auf sich zukommen sah. »Ich dachte, es ist Oma, die mit mir sprechen wollte.«

»Nein. Das ist sie nicht, wie du siehst. Ich muss dringend mit dir reden«, antwortete Margot.

»Ich wüsste nicht, was wir miteinander zu bereden hätten.«

»Das weißt du ganz genau, mein Lieber«, sagte Margot und sah Jochen mit ernster Miene an. »Es war nichts zwischen mir und diesem Herrn Schmitt.«

»Das sah aber aus meiner Sicht ganz anders aus. Der

hat dich ja richtig angehimmelt und dir den Hof gemacht«, erwiderte Jochen.

»Das mag schon sein. Ich habe mich auch sehr geschmeichelt gefühlt und ich habe mich zu diesem Kuss hinreißen lassen, aber es hatte für mich keine Bedeutung«, sagte Margot mit fast weinerlicher Stimme.

»Jetzt fang bitte nicht an zu weinen, Margot«, versuchte Jochen seine Frau zu trösten. »Ich habe wirklich geglaubt, dass du dich in diesen Herrn Schmitt verliebt hast«, fügte er noch hinzu.

»Glaubst du wirklich, ich würde das alles hier, was wir uns in den letzten Jahren aufgebaut haben, für einen anderen Mann aufgeben?«, fragte Margot und schaute Jochen mit verliebten Augen an. »Ich bin damals auch bei dir geblieben, als sich Fräulein Ursula an dich rangeschmissen und dich geküsst hat.«

»Du hast ja Recht. Ich hatte auch nichts mit Fräulein Ursula gehabt und hätte dich auch nicht verlassen«, versuchte Jochen seine Frau zu beruhigen.

»Ich bitte dich, Jochen. Lass uns einen Neuanfang machen, auch wegen unserem Sohn«, bat Margot.

»Du hast Recht. Wir sollten zusammenhalten und es noch einmal versuchen«, erwiderte Jochen und zog Margot dicht an sich heran. Er nahm sie in den Arm und küsste sie leidenschaftlich.

»Ich bin froh, dass alles zwischen uns geklärt ist und wir wieder ganz normal miteinander reden können«, sagte Margot erleichtert.

»Das bin ich auch«, sagte Jochen und schaute seine Frau verliebt an.

Beide saßen noch eine ganze Weile am See und genossen den wunderschönen Sonnenuntergang, während die Vögel ein Versöhnungslied anstimmten.

Kapitel 10

Bootshaus

Die Sommerferien neigten sich langsam dem Ende zu und die ersten Feriengäste reisten ab. Zwischen Margot und Jochen war alles wieder in Ordnung und auch Oma schien sehr zufrieden damit, dass ihre Vermittlung zwischen den beiden Erfolg hatte.

Jochen machte sich auf den Weg zum Bootshaus, um sich die Sache genauer anzuschauen.

Am Bootshaus angekommen, fiel ihm sofort auf, dass alles gestrichen werden musste. Auch einige Holzbretter waren zu erneuern. Nachdem er sich alles notiert hatte, ging er zurück zum Herrenhaus und telefonierte mit dem Farbengroßhandel in Hamburg, um die Farbe zu bestellen. Danach rief er beim Tischler in Malente an, um das Holz zu ordern. Bis das Material geliefert wurde, wollte Jochen einen Plan machen, wer welche Vorarbeiten erledigen sollte. Er ging ins Café und sprach mit Dalli und Ethelbert. Auch Dick, Ralf und Mans sollten mithelfen, das Bootshaus wieder in neuem Glanz erstrahlen zu lassen.

Am Wochenende sollte mit den Vorarbeiten begonnen werden, solange das Wetter noch gut war und es trocken blieb. Jochen machte sich mit Ralf und Mans an die Arbeit, das Holz abzuschleifen, bevor es gestrichen wurde. Das dauerte den ganzen Tag und alle waren froh, dass der Tag zu Ende ging.

Nach einer Woche wurden das Holz und die Farbe

geliefert und man konnte am Bootshaus weiterarbeiten. Für die Holzarbeiten waren Ralf und Mans zuständig, die ein sehr gutes Händchen dafür hatten. Jochen kam hin und wieder mal vorbei, um nachzuschauen, ob Ralf und Mans alles richtig gemacht haben.

»Das sieht schon sehr gut aus, was ihr Jungs bis jetzt gemacht habt«, freute sich Jochen.

»Ja. Wir kommen sehr gut voran und sind morgen mit den Arbeiten fertig«, sagte Ralf.

»Das ist sehr gut. Dann können wir ja am Wochenende mit dem Streichen beginnen«, meinte Jochen.

Nachdem Ralf und Mans mit ihrer Arbeit fertig waren, gingen sie müde, aber glücklich nach Hause. Sie waren sehr froh, so viel geschafft zu haben.

Nachdem alle Vorarbeiten erledigt waren, konnte man jetzt mit dem Streichen beginnen. Diesmal waren Dick, Dalli und Ethelbert mit dabei und so gelang es, an einem Tag das Bootshaus von innen und von außen zu streichen.

Dick war an diesem Tag besonders erschöpft gewesen und fühlte sich auch nicht wohl.

Am darauffolgenden Wochenende sollte das Bootshaus ein zweites Mal angestrichen werden und so machten sich alle an die Arbeit.

Dick war an diesem Tag nicht mitgekommen und blieb zu Hause, um sich zu schonen. Alle waren mit sehr viel Eifer bei der Arbeit und am Abend war das Bootshaus fertig gestrichen. Es sah aus wie neu.

Jochen bedankte sich bei allen und lud sie als Dank zu einem Grillabend am kommenden Wochenende hinter dem Herrenhaus ein.

Alle hatten sich zum Grillabend eingefunden, um die gelungene Renovierung des Bootshauses zu feiern. Auch Dick war mitgekommen und freute sich, dabei sein zu können. Oma freute sich, ihre Enkelin wiederzusehen und nahm Dick in die Arme.

»Das ist schön, mein Kind, dass du gekommen bist«, freute sich Oma.

»Ich hoffe, es geht dir ein wenig besser?«, fragte Oma besorgt.

»Es ist ein auf und ab, aber im Moment geht es mir wieder besser«, versuchte Dick ihre Oma zu beruhigen.

»Ich werde in den nächsten Tagen mal zum Arzt gehen und mich untersuchen lassen«, fügte Dick hinzu.

»Das mach mal, mein Kind. Dann weißt du, ob alles in Ordnung ist. Es ist doch alles in Ordnung, Dick?«, fragte Oma und schaute Dick fragend an.

Dick nickte nur. Oma war aufgefallen, dass Dick etwas zugenommen hatte und auch ihr Gang war anders.

»Das Kind ist doch wohl nicht schwanger?«

Nachwort

Liebe Leserinnen und Leser,

Dies ist das emotionalste Buch von meinen bisher veröffentlichten Büchern, welches ich geschrieben habe. Dem einen oder anderen wird es nicht entgangen sein.

Die Geschichten zu den einzelnen Kapiteln sind zwar erdacht, doch in diesem Buch steckt auch viel Persönliches, welches mich sehr inspiriert hat, und dafür bin ich sehr dankbar.

Ich habe das große Glück gehabt im Herrenhaus auf Immenhof, Herrn Deilmann sei Dank, schreiben zu dürfen.

Das ist eine große Geste und für mich als Autor, sehr wertvoll, an den Orten schreiben zu können, wo alles einmal begann.

Bleiben oder werden Sie gesund

Ihr Mario Würz

Bisher vom Autor erschienen:

**Sommernacht
auf Immenhof**

ISBN 978-3-92890544-2

Unter dem Titel »Sommernacht auf Immenhof« sollte 1958 ein vierter »Immenhof-Film gedreht werden. Doch leider wurde dieser Plan aus verschiedenen Gründen nie verwirklicht. Der Film wurde nie gedreht. In diesem Buch lässt Mario Würz, seit vielen Jahren begeisterter Immenhof-Fan und Betreiber des »Immenhof-Museums« in Bad Malente, all die beliebten Figuren aus den Filmen der 50er Jahre wieder auferstehen und schuf damit endlich die Fortsetzung von »Ferien auf Immenhof«.

Abschied vom Immenhof

ISBN 978-3-7494-2692-8

Nachdem Mario Würz mit seinem ersten Nachfolge-roman erfolgreich auf den Spuren von Immenhof ge-wandelt ist, zeigt er in seinem zweiten Roman »Abschied vom Immenhof« den Fort-gang der Geschichte auf dem ostholsteinischen Pferdehof. Der kleine Michael wird ge-tauft, Oma Jantzen wird krank und Dr. Pudlich geht in Rente. Auf dem Immenhof wird ein Café eröffnet und der müde Willi und Fritzchen werden eingeschult.

Dabei würden sie doch viel lieber im Café mithelfen. Am Ende heißt es jedoch Abschied nehmen vom Immenhof. Wer Abschied nimmt und ob es eine Rückkehr zum Immenhof geben wird, erfahren Sie in diesem Buch.

Rückkehr zum Immenhof

ISBN 978-3-7526-7527-6

Das lange Warten hat ein Ende. Nach den beiden ersten Romanen von Mario Würz ›Sommernacht auf Immenhof‹ und ›Abschied vom Immenhof‹ kommt jetzt die Fortsetzung der beliebten Immenhofgeschichte.
Ralf ist plötzlich verschwunden und eine spannende Suche beginnt.
Dr. Pudlich macht mit Oma Jantzen eine Reise und besucht einen Kollegen.
Dick plagt großes Heimweh, sie hat Sehnsucht nach dem Immenhof.
Große Ereignisse stehen an.

Die Bücher sind zu bestellen auf
www.immenhofmuseum.de